푸른사상
시선

50

웃기는 짬뽕

신 미 균 시집

푸른사상 시선 50

웃기는 짬뽕

1쇄 발행 · 2015년 1월 25일
4쇄 발행 · 2020년 1월 20일

지은이 · 신미균
펴낸이 · 한봉숙
펴낸곳 · 푸른사상
주간 · 맹문재 | 편집 · 지순이 | 교정 · 김수란

등록 · 1999년 7월 8일 제2-2876호
주소 · 경기도 파주시 회동길 337-16(서패동 470-6) 푸른사상사
대표전화 · 031) 955-9111(2) | 팩시밀리 · 031) 955-9114
이메일 · prun21c@hanmail.net / prunsasang@naver.com
홈페이지 · http://www.prun21c.com

ISBN 979-11-308-0321-0 03810
ISBN 978-89-5640-765-4 04810 (세트)

값 8,000원

이 도서의 국립중앙도서관 출판시도서목록(CIP)은 서지정보유통지원시스템 홈페이지(http://seoji.nl.go.kr)와 국가자료공동목록시스템(http://www.nl.go.kr/kolisnet)에서 이용하실 수 있습니다. (CIP제어번호 : CIP2015000667)

웃기는 짬뽕

| 시인의 말 |

— 웃어, 보자!

2015년 신미균

| 차례 |

제2부

제3부

제4부

제 1부

까치

철탑 위에 까치 한 마리 있는 그림자
운동장을 지나갑니다

까치 한 마리가 쓰러지려는 철탑을
잡고 있는지도 모릅니다

그림자만 보고는 알 수 없습니다

철탑이 까치를 잡고 있든
까치가 철탑을 잡고 있든

그림자는 운동장을 지나갑니다

플라스틱 빨대

고작, 몸통 하나로 뒹굴고 있는
화려한 색깔도 아닌 허연 빨대
속까지 텅 비어 있어
마음대로 꺾고 접어
버릴 수 있을 것이라
생각했는데
이것도 꺾어 접어놓으니
슬그머니 일어나며
반쯤 펴진다

세상에,
네 까짓게
하다가

속이 빈 나도
누군가 쉽게 보고
꺾고 접어

버리려 할 것 같아

꺾이고 접혀 상처 난 그를
곱게 곱게 펴주었다

달걀

군식구들

몰래

어두운 부엌 한 귀퉁이에서

소리 안 나게

껍질 벗겨

입에 넣는

순간,

튀어나온 새끼 쥐에

깜짝 놀라

수챗구멍 속으로 떨어뜨려버린

옛날도 한참 옛날

엄마의

삶은 달

웃기는 짬뽕

5층에 있는 직업소개소에서
신상명세서를 적고 나오는데
문 앞 복도에
누가 먹고 내놓은
짬뽕 그릇 보인다

바닥이 보일 듯 말 듯
남은 국물

1층까지
죽기 살기로 따라 내려오는
참을 수 없는
냄새

그
짬뽕

저녁

뱃가죽 홀쭉한
개 한 마리
빈 깡통
뚜껑을 핥다가

조금씩 조금씩
깡통 속으로 고개를 들이민다

무슨 찌꺼기라도 붙었는지
바닥까지 주둥이를 넣어
정신없이 핥더니

이번에는
머리에 낀 깡통을
이리저리 흔들며
겅중겅중 뛰다가
슬금슬금 뒷걸음질 치다가

벽에 부딪히자
천지 분간을 못 하고
제자리에서 뱅뱅 돈다

벗어버릴 수 없는
깡통 뒤집어쓴
개 한 마리 저물어간다

나귀

나귀가 서 있는
유원지 귀퉁이를 오려
도화지에 붙인 다음
할 일 없는 오후를
등에 태워
기념사진을 찍는다

말뚝도 없고
매이지도 않았는데
도망 안 가는 나귀

도망, 갈까 말까
오늘은 먹이가 많아서
오늘은 벌써 한나절이 지나서
오늘은 비가 오려고 해서

바람이 꼬리를 흔들 때마다
종일토록
한 발 앞으로 갔다가
한 발 뒤로 갔다가

대문

손만 대도 쓰러질 것같이
간신히 버티고 있는 대문

굳이 열려고 하지 않아도
스스로 다 열어버리고
떼어다 팔든지
내버려두든지
그저 처분만 바라고 있다

뒤로 돌아가
돌멩이라도 괴어주다 보면
어느새 은근히 몸을 기대오는

저승꽃 잔뜩 핀
시골집 대문

창 너머 도넛

동그란 도넛의 한쪽을
덥석 깨물어버리면

말랑거리는 도넛 가운데
구름이 들어 있으면

도넛의 뚫어진 동그라미 속에서
나의 숨소리가 들리면

도넛의 동그란 바퀴를 타고
내가 굴러가고 있으면

누가 굴러가고 있는 나를
야금야금 먹어버리면

도넛에 묻은 하얀 설탕 가루가
싸락눈이 되어 흩날리면

도넛을 굴리기만 했는데
해가 저물면

내일 아침 푸드득거리며
도넛이 다시 살아나면

노인

공기 방울 하나가 수면 위로
느릿느릿 올라와
뽁,
터집니다

수면과 붙어 있던 하늘이
바사삭
깨져 녹아내립니다

한나절이 지난 후

수면 위로
공기 방울 하나
또 올라와 터집니다

급할 일은 아무것도 없습니다

수면 위엔
구름이 길게 누워버립니다

저녁 때쯤 또다시
공기 방울 하나가 수면으로
올라와
뽁,
터집니다

급할 일은 아무것도 없습니다

예스맨

집이 날아갔다
새도 아닌데

새는 날아가는 것이 보이지만
집이 날아가는 것은 보지도 못했는데
갑자기 날아갔다
천둥 번개 치지 않았고
회오리바람 불지 않았는데
오, 예
한마디에
눈 깜짝할 사이에 날아갔다

창도 뒤란도 우물도 있고
담쟁이가 벽을 타고 올라가던 집이
날아가다니
같이 살던 하얀 토끼들도
돌들도 바퀴벌레들도

다 날아가다니

날아간 집을
어디서 찾아야 되나

남의 집 헛간에서
빗방울이 동그랗게
인감도장 찍으며
사라지는 것을
하염없이 보던 아버지는
오, 예
집 뒤 축대 위로 올라가
아직까지 내려오지 못하고 있다

나그네

나, 그네야

이리저리 흔들리면서
왔다 갔다 하는

저리로 가서는
이쪽이 궁금하고
이쪽으로 와서는
저기가 궁금한

왔다 갔다
어느 쪽에도
정 붙이지 못하는

나, 그네야

거짓말

간단히 입고 벗을 수 있다
일상적인 일을 하거나
조깅 에어로빅을 할 때도
사용할 수 있다
입고만 있어도 땀이 난다
가볍고 튼튼하다
모자가 달려 있어
여차하면 떼어서
남에게 뒤집어씌울 수 있다
우주인의 멋과 색깔도 느낄 수 있다
한번 입기 시작하면
계속 입고 싶어진다

남여 공용
프리사이즈다

좀비

기회가 되면
엿 바꿔 먹으려던
뒷마당의 솥을 보니
아버지가 생각난다

자식들 일을
좀 알려고 하다가
모르면 가만히 계시라는
핀잔 들은 후
도무지 할 일 없어
입 크게 벌리고
계속 하품하다
턱, 빠진
그 뒤로 다시는 다물어지지 않아
구름 끌어다
입 막고 있는
아버지

그 속에서

목이 가라앉은

풀벌레 하나

울고 있다

쥐들의 블로그

귀가 작고 둥글며 사지가 짧은 하얀 쥐들이
커다란 바구니에 담겨 있다
분홍빛 속살에 하얀 털을 가진 것들이라
매우 귀엽다
이 쥐들을 지금부터 A그룹과 B그룹으로
나눌 것이다

어떤 쥐가 A그룹이 되고 B그룹이 되느냐 하는 것은
아무도 모른다
그저 코딱지를 후비던 연구원의 손에 잡히는 대로
A바구니와 B바구니로 들어가면 되는 것이다
큰 바구니 안에서는 쥐들이 자기들끼리 서열을 정하느라
복닥거리고 있다
털 길이로 정할지, 색깔이 선명한 것으로 정할지
다리 길이로 정할지, 입 크기로 정할지를 놓고 또 싸운다
연구원은 서열에는 관심도 없고 그저 내키는 대로
쥐들을 바구니에 던져 넣고 있다
분류 작업을 하는 중에 그가 휴대전화라도 받게 되면

A바구니 속에 들어갔던 쥐가 힘이 넘쳐 B바구니로
뛰어 넘어 들어갈 수도 있고 B바구니에 있던 쥐가
다른 쥐들을 밟고 A바구니로 들어갈 수도 있다
마지막으로 숫자를 맞추기 위해 연구원은
A바구니의 쥐 한 마리를 B바구니로 던져 넣었다

A그룹의 쥐들에게는 천연 목재로 장식된
맑고 깨끗한 환경과
무공해 먹거리를 제공하고
B그룹의 쥐들에게는 더럽고 냄새나는 환경과
오염된 먹거리를 제공하여

어떤 그룹의 쥐들이 생존율이 높은지 알아보고 있는 중이
다

자갈밭

내 입은 너 때문에 닳아버리고
네 입은 나 때문에 닳아버리고
내 귀는 너 때문에 떨어져나가고
네 귀는 나 때문에 떨어져나가고
내 팔은 너 때문에 없어져버리고
네 팔은 나 때문에 없어져버리고
내 코는 네 다리는
네 손목은 내 머리카락은

몸통만 남은 것들이
평소에는 찍소리 하나 없다가
누가 오기만 하면
투덜투덜거린다

마네킹

그래, 나는 간도 쓸개도 없다

네 마음에 들게 네 맘대로
팔 비틀어 뽑고
다리 꺾어도
끽, 소리도 내지 못한다

느닷없이 목 잘라
얼굴이 없어져도
상체와 하체를 서로 다른 방향으로 돌려
떼어낸 다음
따로따로 들고 다녀도
눈도 깜짝하지 못한다

간도 쓸개도 없으니

그래, 속 썩을 일 없어
좋다

바지 상무의 바지

옥상 빨랫줄에 널려 있던
나일론 바지
바람에 날려
난간 쇠철망에
걸쳐져 있다가
술에 취한 것처럼
들썩들썩 몇 번 하더니
4층 에어컨 실외기에
간당거리며 달려 있다가
그것도 여의치 않은지
3층 베란다 화분
초롱꽃 위로 올라갔다가
연약한 꽃이 부러질까
움직이지도 못하다가
다리가 간지러운지
다리만 벌렁거리다가
해거름에는

건물과 건물 사이
된바람에 부대껴 허덕대다
바닥에 떨어져

혼자서
펄럭이고 있다

제 2부

섬

네가 사는 아파트
9동과 내가 사는 아파트
10동 사이에 있는
바다는
너무 깊어
헤엄쳐 건널 수가 없다

우린
서로
바라만
보고 살자

모노드라마

땡볕 아래
길고양이

몸을 크게 뒤로 젖혀
앞다리를 모아
자기 그림자를 움켜쥔다

움켜쥐는 순간
사라져버린 그림자

큰 눈이 더욱 동그래지며
다시 한 번
펄쩍 뛰어
그림자를 후려친다

후려치는 순간
또 사라져버린 그림자

고개를 갸웃거리며

한참을 노려보다
있는 힘을 다해
할퀴고 물어뜯는다

오래 사는 법

금방 낳아놓은 뽀얀 달걀을
당연한 듯 가져가는 손등을
부리로 찍어버리려다
슬그머니 뒷걸음쳐

발톱을 쓱쓱 갈아
땅바닥을 마구 파헤치다가
애벌레라도 한 마리 얻어걸리면
이리저리 작신작신 쪼아버리다가

마당 몇 바퀴 돌고
찬바람 좀 쐬고
물 한 모금 마시고
크게 한 번 날갯짓한 다음

횃대 아래
구석진 곳 찾아들어가
스르르 졸고

복수

아주 무더운 여름
검은 비닐 봉지 속에 넣은
생선 한 마리를
베란다에 두고 잊어버렸다

며칠 후
생선은 집 안 구석구석
한번 맡으면 영원히 잊을 수 없는
처절한 냄새를 발라놓았다

칼을 들고 싸우자고 덤비는 것보다
더 무섭다

고무밴드

백수 Z는 심심하면 나를 자꾸 잡아당긴다
그럴 때마다 나는 그가 원하는 대로
힘을 빼고 길게 길게 늘어났다가
놓으면 다시 제자리로 돌아온다
그것이 재미있는지
할 일 없는 Z는
나를 길게 당겨보다가 말다가 하면서
시간을 보낸다
그런데 어떤 한계에 다다르면
나도 Z의 손에 대책 없이 늘어나는 것이 싫어
나도 나를 잡아당긴다
Z가 나를 당기는 힘과
내가 나를 당기는 힘이 팽팽하게 맞선다
만만하게 보았는데
당겨도 더 이상 늘어나지 않으니까
Z는 오기가 생기나 보다
아까보다 더 세게 당긴다

그래도 더 이상 늘어나지 않으면
죽기 살기로 당긴다

별것도 아닌 일에 힘쓰다 보니
그도 자꾸 헐거워지나 보다
나를 당기는 힘이 예전 같지가 않다

세상에서 제일 무서운 것

귀찮아서
생선 가시를 건져내지 않고
닭뼈, 작은 돌멩이들도 건져내지 않고
며칠 된 음식 찌꺼기를
여물통에 부었는데

아무 소리 없이
그것들을
씹으며
되새김질하며

꿈벅거리지도 않고
나를 바라보는
소의
커다란 눈

번개팅

고속도로를 달리고 있는데
세무늬저녁나방 한 마리
앞 유리창으로 날아와 부딪힌다

순간, 날개와 몸통은 사라지고
나방 모양의 비늘 가루만
유리창에 붙어버린다

잠시 후
나방 가루들이 조금씩 조금씩
바람에 씻겨나간다

거무스름한 선으로 된 그가
희미하게 유리창을 더듬고 있다

A4 용지

돌돌 말아 귀를 후볐다
펴서 손가락으로 구멍을 뚫었다
구겼다 폈다를 반복해서
빳빳한 결을 꺾어버렸다
세탁기에 넣어 돌린 다음
탈수를 반복해서
너덜거리게 만들었다
문지방에 반쯤 얹어놓고
뛰어나와 문을 닫았다
가위로 이리저리 오려냈다
오려낸 종이를 서로 붙여
뒷발로 뭉갰다
휘발유를 붓고 불을 확, 붙였다

사랑했던 네가
죽었다

니나노

닐리리야 삐약삐약
얼씨구 쿠궁쿵딱쿵딱
앞발 찍고 뒷발 찍고
팔은 허공을 잡고 돌리고 돌리고
버스는 달리고 달리고
과속방지용 카메라도 없고
얼씨구 쿠궁쿵딱쿵딱
소주에 닭 다리 찢어 입에 물고
돌리고 돌리고
얼쑤 뾰보봉 띠리띠리

다리도 못 펴고
누울 수도 엎드릴 수도 없이
도계장으로 가는
옆 차선 닭들이
철망 밖으로
고개를 빼고
버스 안을 들여다본다

달

모처럼 혼자서
커다란 달을 잡았다

잡은 김에 천천히
비늘을 긁어냈다

껍질을 벗겼다

내장을 훑어냈다

얇게 회를 떴다

그 위로 가랑잎 한 장
내려앉았다
빗방울 한 개 떨어졌다

보이지도 않는 절벽이 튀어
내 몸에 붙는다

하늘

한해살이 기생식물인 실새삼이
옥상 위 손잡이 없는 양동이에서
실 같은 덩굴손을 뻗어
왼쪽에 있는 해바라기를 감고 올라가다
옆 건물 난로 연통을 타고 오르다
연통보다 조금 더 높은 굴뚝을 감고 올라가다
더 올라갈 곳이 없자
덩굴손을 자꾸만 뻗어보다가
닿는 곳이 없자
옆으로 기기 시작한다

실새삼의 덩굴손이
더 이상 더 이상
손을 뻗어도 닿을 수 없는 곳
아무리 손을 펴봐도 닿지 않는 곳

바로, 거기부터가
실새삼의 하늘이다

싱크대 전투

AD 2007년 10월 2일 동틀 무렵 싱크대 앞,
그가 날린 화살 한 발이 내 왼쪽 어깨를 스치면서
전쟁은 시작되었다
그는 오랫동안 준비해온 듯 중무장을 하고
소파를 돌아 식탁을 넘어
개수대 앞에 도착하였다
나는, 느닷없이 당한 일이라 처음에는 당황했지만
뒷베란다로 후퇴하며
평소에 감춰두었던 불화살을 쏘기 시작했다
불화살이 그의 발등에 떨어지자
그는 길길이 뛰면서 닥치는 대로
물건을 던지며 저항하기 시작했다
이 과정에서 애완견과 앵무새 한 마리
텔레비전과 리모콘이 망가졌지만
치명적인 상처를 입지는 않았다
휴대전화가 울리자
그는 그것을 받는 척하면서

약간의 만회할 시간을 벌었다
그러다 내가 방심한 사이
빨대 속에 독가시를 숨겨 불어버렸다

나는 지금 독이 온몸에 퍼져
거의 죽을 지경이다
분석 결과 전쟁의 원인은

커피에 설탕을 두 조각 넣은 것 때문이었다

출세

참깨 과자 부스러기를 먹으려고
개미들이
기어가고 있다

줄은 문 앞에서 모서리를 따라
방 끝을 넘어 마루를 가로질러
땅바닥까지 이어져 있다

줄 맨 끝에 있는
개미 한 마리를
핀셋으로 집어 올려

과자 바로 앞까지
옮겨주었다

납작한 공간

아주 두꺼운 책 밑에
바퀴벌레 한 마리 깔렸다

얼마나 버둥거리는지
책이 조금씩 들썩들썩한다

한참 동안 버둥거리다가 잠잠하더니
또 한참을 버둥거린다

죽기 살기로 버둥대다 보면
가끔은, 지긋지긋하게 짓누르는 것으로부터
벗어날 수도 있는가 보다

두꺼운 책 밑에서 간신히 빠져나온
바퀴벌레
진저리치며 사라진다

술잔

산꼭대기에 있던 빙하에서
조개 껍데기가 나왔다면
삼백만 년 전에는 이곳이
바다였을까요
아니면
그때 누군가가 조개를 삶아서
술안주를 한 다음
껍데기만 버렸던
쓰레기장이었을까요

어떻든 심심한 나는
빙하를 쪼개 넣고
맑고 투명한 국산 소주를
한 잔 마신 다음
술잔을 빙하 속에 파묻어
놓았습니다

삼백만 년 후
어떤 심심한 지구인이
고개를 갸웃거리며
내 지문이 묻은 술잔을 연구할 수 있게

풍선

신장개업하는 중국집 앞에서
정신없이
버둥대는
사람 모양의 풍선

춤추는 것도 아니고
인사하는 것도 아니고
제멋대로 사지 육신을
흔들며 떨고 있다

몇 날 며칠을 굶다가
자장면 냄새를 맡은 걸까?
사기꾼에게 속아
전 재산을 날린 걸까?

음악 소리도 어두워가는 길거리에서
혼자만
속이 빈
풍선 모양의 사람

달랑게

엄지손가락만 한
달랑게
달랑달랑
뭘 하나 했더니
자기 몸만 한
집게발 하나로
열심히 모래를 파서
내던진다
모래가 멀리 갈수록
거기까지가
자기 땅이라며
열심히
흙을 파서
던지고 있다
하루 종일
던진 흙이
송아지 발자국보다
넓지 않지만

그게 무슨 상관이랴
밀물이 들어와
하루 종일
던진 흙을
모두 쓸어가지만
그게 무슨 상관이랴
땅을 파서 던질 수 있는
내일이 있는데
땅을 파서 던질 수 있는
달랑달랑한 집게발이 있는데

제 3부

건달

안경 유리에
날파리
앉았다

무심코
마우스를 대고
클릭했다

눈앞에
빈 하늘 하나
뜬다

외할머니

사람들 눈치를 슬슬 보며
조카가 사온 누드 김밥을
장롱 속에 집어넣는다
내가 안 보거나
모르는 척하는 사이
단무지와 튀김까지도 넣는다

먹을 것만 생기면
이불 속 갈피갈피마다
옷에 붙은 주머니마다
심지어는 신발 속에까지 숨긴다
그러다 들키면
씨익, 웃으며
더 깊이깊이 밀어 넣는다

썩은 음식물들을 찾아 버리면
소식 끊긴 지 오래된 늦둥이 이모

저녁 때 돌아오면 배고프다고

버린 것을 또 가져다
치마로 덮어둔다

사랑, 60

뾰족하게 서 있는
못
밟았다
맨발로

박혔을 때보다
뺄 때가 더 아프다

빼고 난 뒤에도
오랫동안
많이 아프다

콩

집세가 2년 넘게 밀리다 보면
어느날 갑자기
튀어야 한다
프라이팬에서 볶이던
콩처럼
잡을 새도 없이

한 번 튀면
잡히지 말고
꽁꽁 숨어라

거기서
먼지라도 붙잡고
싹 한번
틔워봐라

피라미드 in 서울

역삼동 오피스텔 안에 있는 피라미드
이집트의 쿠푸 왕의 것도
멘카우레 왕의 것도 아닌
서울에 있는 피라미드

친구 따라 그 속에 들어갔다
파라오에게 전 재산 다 날리고
간신히 빠져나와
짐 가방 하나 싸들고
고향집 담 밑에서
집 밖에 얼굴을 두고
집 안으로 들어가본다

집 밖에 있는 얼굴이
안 되겠다고
그만 돌아가자고
집 안으로 들어간 팔다리를

자꾸만 불러낸다

집 안으로 들어간 팔다리가
아무도 모르게
뒤곁을 한 바퀴 돌아
서둘러 나오는데

마루 기둥에 붙어 있는
깨진 삼각형 거울 붙잡고
참매미 한 마리
갑자기 울기 시작한다

싱싱한 눈

사람 눈과 흡사한 오징어는
칼로 자신의 배를 갈라도
눈 하나 깜짝하지 않고
쳐다본다
긴 다리를 끊어내고
빨판들을 긁어내도
눈 깜짝하지 않고
쳐다본다
내장을 꺼내버리고
소금으로 비벼
껍질을 벗겨내도
눈 하나 깜짝하지 않고
쳐다본다

축 늘어져 잘려진
자신의 몸통을
몸통을 채 써는 칼을

그 칼을 쥔 사람을

그것을 구경하는 사람들을

눈 하나 깜짝하지 않고

쳐다본다

끝까지 뜨고 있는

멀쩡한 두 눈을 보니

하늘이 무섭다

안녕, 수제비

냄비 속에는
퉁퉁 불은 하늘
냄비 밖에는
조용한 뒷마당

수제비와 나는
국물 속을 떠다니고
뒷마당에는
나비 한 마리
느릿느릿
엉겅퀴를 지나
백일홍을 지나
자두나무 가지 끝에
앉아 있고

밖에서 잠근 문이
딸깍,
열릴 때까지
퍼먹어도 퍼먹어도
도로 한 냄비가 되는
하루

편리한 채널

아프리카 세렝게티 초원
아름다운 몸매와
늘씬한 뒷다리를 뽐내던
어린 임팔라
머뭇거림 없이
물가로 달려와
꼬리 살랑살랑 흔들며
한 모금 상큼한 물을 마실 때

느닷없이 튀어 오른
악어의 섬뜩한 이빨이
디지털 고화질 텔레비전 화면 가득
클로즈업된다
엄청나게 튀는 물방울과 함께

모르면 없던 일
나는 얼른 채널을
바꿔버렸다

그물

구름이 빠져나갑니다
바다가 빠져나갑니다
손톱 발톱이 빠져나갑니다
우산, 장화, 동전이 빠져나갑니다

차가운 바닥에 그가 스티로폼으로 만든 방석을
깔고 앉아 있습니다. 하늘도 회색이고
갈고리도 회색입니다
그러나 그것은 그물과는 상관이 없습니다

방석에서 긴 다리가 삐져나와 있습니다
다리는 너무 길어 접혀져 있었고
종일 펴지 못한 채
뚫어진 그물을 깁고 있습니다

뚫어진 생활은 아무리 기워도
비어 있는 구멍들뿐입니다
더 이상 빠져나갈 것도 없는데
벌써 어두워졌습니다

진 · 달 · 래

미나리아재빗과의 홀아비 바람꽃과
긴꼬리부전나비가
몰래 불륜을 저지르려고 하는데
수다스런 바람이
둥근매듭풀과 노루오줌풀에게
소문을 퍼뜨리고 있습니다

이래저래 싱숭생숭하게
벌건 소문만
산비탈에 뭉게뭉게 피어나는데

"진짜 달라면 줄래?"
떠돌이 유머를 아무리 연습해도
입 밖으로 말 꺼내볼 사람조차 없는
오십 고개 넘긴 홀아비 조카
혼자서 산비탈 돌밭을
종일토록 갈아엎고 있습니다

꽝꽝 얼렸다 씹어 먹고 싶은 파란
하늘입니다

소나기구름

전 재산을 정리해
귀농한 아버지가
조류독감 바이러스로
죽은 닭들을
땅에 묻고 오는 길

훠이, 훠이 새들을 쫓는
아버지의 목소리가
자신의 가슴을 때리며
무릎을 지나 땅속으로 기어들어갑니다

논바닥에 앉았던 새들이
핏자국처럼 번집니다

둥지 잃은 아버지가

한바탕 쏟아질 듯

검푸른 멍이 되어

양계장 지붕 위에

떠 있습니다

땅

한 냄비도 안 돼 보이는 치와와가
양재천을 따라
열심히 영역 표시를 하고 있다
커다란 포플러 밑둥치도 자기 것
돌계단 중턱도 자기 것
운동기구 아래도 자기 것
타워팰리스가 보이는 전망 좋은 벤치는
물론 자기 것

한쪽 다리 들고
오줌 한 번 찍, 뿌리면
자기 것이 되는
놀라운 계산법

요즘은 주인 없는 애완동물이
보신용으로 팔리기도 한다는데
저 치와와가 땅 부자의 기쁨을
조금이라도 더 누리다 가길

색안경

색안경을 쓰고 밥을 먹는다
옆 사람이
"색안경 벗지" 한다
색안경을 쓰고도 밥을 먹을 수 있다
색안경을 쓰지 않고도 밥을 먹을 수 있다
색안경을 쓰든
쓰지 않든
밥은 목구멍으로 내려가고
식도를 거쳐 대장을 거쳐
바깥으로 나온다
밥과 색안경이 무슨 상관이란 말인가

나는 색안경을 쓰고
계속 옆 사람을 먹는다

스토킹

흡반을
접시에 붙이고
죽기를 각오하고
떨어지지 않는 낙지 위에

펄펄 끓는
물
한 바가지 부었다

내 손도 데었다

수행

붉은줄지렁이 한 마리가
땡볕 아래
아스팔트 길 위에 있다

천지 사방이 다 길인데
어느 길로 가야
옳은 길인지

땡볕의 무게만큼
오그라드는 몸

한참 동안 숨을 가다듬고
온몸을 움직여
길을 만들면서 가는

또 하나의
가느다란
저
길

푸른 도마뱀

지금 몇 시인가
누가 물었다
습관처럼 팔목을 보았다
굵은 핏줄이 갈라지는 교차로 중간에
동맥이 뛰고 있다
나는 내 몸 여기저기를 더듬어보았다
망고나무 아래 게으르게 낮잠 자던
푸른 도마뱀이 깜짝 놀라 튀어나온다
땀이 흐르는 턱 밑과 옆구리에서도
도마뱀이 튀어나온다
머리카락 밑에서도 멍이 든 곳에서도
몸 전체 마디마디마다
내가 흔들어 깨우지 않아도
보고 있지 않아도
도마뱀은 숨어 있었다

지금 몇 시인가

팔목에 찬 시간이

두근두근 아직도 가고 있다

태엽이 얼마나 감겨 있는지 몰라도

바이러스

죽은 지 십수 년이 지났는데도
웹에 떠도는 그를,
이제는 정말 삭제해버려야겠다

그의 블로그를 창에 띄우고
오른쪽 마우스 클릭
제어판, 관리도구, 로컬 보안 정책을
더블 클릭
원본과 대상 주소가 정반대되는 패킷을 연결해
프로토콜을 설정하여
다음 클릭, 체크 해제 클릭

대문에서 노란 풍선을 던져 올리며
얼굴 가득 웃음을 짓고 있는, 그

정말로 삭제하시겠습니까?
예, 를 누르려는 순간

갑자기 튀어나온
트로이 목마를 타시겠어요? 를
엉겁결에 눌러버렸다

동시에 수만 개로 복제된 그가
빠르게 웹 속으로 퍼져나간다

제 4부

낙타

빙하는 낙타를 본 일이 없습니다
낙타도 빙하를 본 일이 없습니다

빙하는 낙타가 있는 줄도 모르고
낙타도 빙하가 있는 줄 모릅니다

빙하는 낙타를 생각해본 적도 없고
낙타도 빙하를 생각해본 적 없습니다

그렇다고
빙하와 낙타가 이 세상에 없는 것은 아닙니다

눈

눈이 왔다

티코 위에도
그랜저 위에도
고구마 굽는 통 위에도
포장마차 위에도
바위 위에도
산골짝 위에도
길 위에도
아파트 위에도

바람에 따라
지역에 따라
서로 다른 두께로
불평등하게 왔다

댐

아버지는 입을 꾹 다물고 계십니다

장대비가 억수로 쏟아지는데도
초당 수천 톤씩 흙탕물이 들어오는데도
물뿐 아니라
쌓여 있던 오물들과 폐타이어
고물 냉장고 나뭇가지 캔 비닐봉지들
심지어는 소와 돼지 닭들의 사체들까지
떠밀려 들어오는데도

아버지는 꾹 참고 계십니다

검색

닦은 이를 또 닦고
또 닦은 이를 또 닦고
돌아서면 이를 닦는 어머니가
이제는 틈만 나면
밥해야 된다고
그릇도 올려놓지 않고
가스 불을 켜기 시작했다
끄면 또 켜고
또 끄면 또 켜고
가스 냄새가
집 안에 가득하다

한밤중 선잠 자다
벌떡 일어나
전등도 못 켜고
무료 노인 요양소를 검색하려고
자판을 두드리는데

진득진득한 어둠이
달라붙어
손가락을 움직일 수가 없다

아무래도
이 어둠을 떼어내려면
시간이 좀 걸릴 것 같다

아랫목

오랫동안 가보지 못한 시골집
안방 아랫목이
시커멓게 눌어붙은 채
그대로 있다

그곳을 두 손으로 짚어본다

새벽에 들어와도
이불 밑에 얌전히 있던
따스한 밥주발

"아무리 바빠도 밥은 먹고 다녀라"

엄마의 말씀이
뜨겁게 손바닥으로 전해진다

남자 X

단단한 바위로 이루어진
그 남자를 뚫기 위해
터널 공사를 시작했습니다
짐작은 했습니다만
만만한 일이 아니었습니다
조금 파 들어가자 예상치 못한 누수로
그동안 뚫었던 곳이
물에 잠겨버립니다
버팀목이 부실한지
위쪽이 무너져 내립니다
순순히 조금이라도 뚫려다오, 제발
머리가 깨지고
손톱이 빠져 피가 납니다
먼지 때문에 앞이 보이지 않습니다

어느 순간
뻥, 뚫리길 기대하며
한없이 한없이
파 들어가고 있습니다

소금

오래되어 덩어리진 소금을
빻아 가루로 만들면서

느닷없이 떠난 그를
용서했다용서못했다
용서못했다용서했다
소금은 쉽게 빻아지는데
용서했다용서못했다
용서못했다용서했다
덩어리진 소금을 물에 녹이면서
용서했다용서못했다
용서못했다용서했다
가루가 된 소금을 물에 녹이면서
용서못했다용서했다
용서했다용서못했다

가루 소금이든 덩어리진 소금이든
그냥 먹으니 쓰다

새치기

참새들이 순서대로 날아와
전깃줄에 쪼르르 앉는다

뒤늦게 날아온 참새 한 마리
앉을 자리를 찾아
여기저기 기웃거리다
중간쯤 슬쩍 비집고 앉는다

포수가 어떤 새를 잡을까
죽, 훑어보다가

중간에 앉은 그를 향해
총구를 겨눈다

가슴살

아무래도 더 이상 못 살겠다고
보따리 싸들고
세 살짜리 앞세워 온
딸을 데리고
닭백숙을 먹는다

다리 한쪽은 딸 주고
또 하나는 손자 녀석 발라주고
남은 가슴살

씹어도 씹어도
목에 걸려 넘어가지 않는
캄캄한 가슴살

턱 아프게 씹다 보면

퍽퍽해진 가슴 가진
저녁만 남아
캄캄하게 입을 닫는다

깃털

오리털 점퍼의 옆구리에서 깃털 하나 빠져나왔다. 촘촘한 박음질 사이를 빠져나오느라 온몸을 접고 구부리고 움츠렸을 텐데 털끝 하나 다치지 않았다. 깃털은 가볍게 공중에 떠 있다가 멈칫멈칫 서두르지 않고 아래로 내려앉고 있다. 바람을 거스르려 하지 않고 그렇다고 선뜻 몸을 맡기지도 않는다. 혼자서 춤을 추듯 빙빙 돌기도 하고 스르르 미끄러지기도 하고 누가 잡으려 하든지 말든지 느긋하게 자기의 길을 가고 있다. 촘촘하게 박음질된 하늘이 구름 속으로 흩어지고 뒤뚱거리며 따라온 길들이 사라진다. 깃털은 소리를 내지도 않고 남의 눈에 띄려고 하지도 않는다. 땅으로 다 내려와서는 땅을 한번 살짝 건드려보고 다시 얼른 도망가기도 하면서 장난을 친다.

자유다.

선택

겉옷 한 자락이 버스 문에 끼었다
잡아당겨도 잘 빠지지 않고
버스는 떠나려 한다
소리를 질렀지만
운전수가 듣지 못한 모양이다
버스가 움직이기 시작한다

어떻게 마련한 것인데
너무 아까워 포기할 수가 없다
어떻게든 옷을 빼내려 몸부림을 치지만
몸부림치면 칠수록
옷과 함께 몸이 바퀴 속으로
말려 들어갈 것 같다

옷 때문에
애면글면하다가
순간,
옷을 얼른 벗어버렸다

세발 낙지

고무대야 바깥으로 떨어진
세발 낙지 한 마리
있는 힘껏 다리를 뻗어
붙을 곳을 찾아본다

푸석거리는 흙벽을 기어오르려다
떨어지고
녹슨 쇠붙이에 붙어보려다
떨어진다

빚보증 잘못 서
집 밖으로 내동댕이쳐진 동생처럼
이리저리 쫓겨다니다
사람들 발에 채여
움직이지도 못하지만

죽은 줄 알고 건드려보면
부글부글 거품 물면서

악착같이 숨쉬고 있다

불의 탱고

말린 오징어를
활활 타는 불 속에 넣자
귀는 귀대로
다리는 다리대로
몸통은 몸통대로
귀가 다리를 어쩌지 못하고
다리가 귀를 어쩌지 못하고
몸통은 다리와 귀를 어쩌지 못하고

뜨거워질수록
온몸이 쪼그라들면서
자신도 자신을 어쩌지 못해
진저리를 치는데

구경꾼들은 그 몸이 맛있겠다고
침을 꼴깍 삼킨다

범인

시커먼 홍합들이
입을 꼭 다물고
잔뜩 모여 있을 땐
어떤 것이 썩은 것인지
알 수 없다

팔팔 끓는 물에 넣어
팔팔 끓인다

다들 시원하게 속을 보여주는데
끝까지
입 다물고
열지 않는 것들이 있다

간신히 열어보면
구린내를 풍기며 썩어 있다

플래카드

세차게 불어오는 바람을
가득 안은 플래카드가
그 바람을 다 감당하지 못해
힘겨워하고 있습니다

더 이상 버티다가는
갈기갈기 찢겨져
날아가버릴 것 같은데

어떤 사람이
사다리차를 타고 올라가
커다란 구멍을 뻥, 뻥,
뚫어주었습니다

보낼 건 보내고
버릴 건 버리고

감당하지 못할 바엔
가슴에 구멍 몇 개 뚫는 것도
나쁘진 않습니다

봄

날씨가 풀리면서
들판이 시끄러워지는 것은
식물도 저마다 할 말이 있기 때문입니다
바위취는 바위취대로 소곤거리고
쥐오줌풀은 쥐오줌풀대로 중얼거리고
광대수염은 광대수염대로 버벅거리고
목소리의 크기도 다르고
색깔도 다릅니다만
땅속에선 듣는 이가 없어
못한 이야기들을
바깥에 나온 김에
원 없이 쏟아내고 있습니다

들어보면 별로 중요할 것도 없는
사소한 이야기들이지만
입 냄새 풍겨가며
열심히 떠들어대고 있습니다

■ 해설

불행을 연기하는 자들, 그 굴기(屈起)와 웃음들

— 신미균의 시세계

장석주

1.

신미균의 시들은 가볍다. 가벼워 읽는 데 부담이 없다. 여기서 가볍다는 말은 의미 함량이 모자란다는 뜻이 아니라 쓸데없이 무겁지 않다는 뜻이다. 무거움이란 무엇인가? 그것은 "지긋지긋하게 짓누르는 것"에서 오며, 짓눌린 자들은 "한참 동안 버둥거리다가" 다시 "또 한참을 버둥거린다".(「납작한 공간」) 무거움에 눌린 존재들은 "한참 동안 숨을 가다듬고/온몸을 움직여/길을 만들면서"(「수행」) 간다. 그것들은 두꺼운 책에 짓눌린 바퀴벌레고, 땡볕 아래 온몸을 밀며 가는 붉은 지렁이다. 이때 삶은 고통과 파괴의 압력을 견디며 넘어가는 수행이다. 가벼워지기를 바라거나 이미 가벼운 마음들은 무거움에서 그로테스크를 느낀다. 무거움은 이미 괴기하게 변형된 심각함이다. 그리고 심각함은 응고된

피, 무생명의 딱딱함, 중력의 굴레다. 장례식장을 짓누르는 둔중한 침울함을 상상해보라! 심각함은 딱딱한 죽음이고, 생명의 발랄함을 억압하는 그 무엇이다. 신미균의 시들은 무거움을 배제하고 두려움을 돌연 희극으로 바꾼다. 일반적으로 웃음은 무거움에 대응하는 과도한 희열이고, 날것의 고통을 경감하기 위한 사소한 발작이며, 원시적인 것에의 자명한 도취다. 신미균의 시들은 그렇게 웃음을 겨냥하고 유발하며, 그 웃음 속에서 약한 것들의 발랄함과 생명의 도약을 모색하는 모습들을 조형한다.

사람들은 언제 웃는가? 희극이나 코미디를 볼 때, 즐거운 여흥, 놀이를 즐길 때, 타인의 예기치 못한 실수를 목격할 때, 사람들은 웃는다. 보들레르는 "웃음은 단지 하나의 표현, 하나의 전조, 하나의 징후이다."[1]라고 썼다. 웃음이 다양한 만큼 웃음이 유발되는 상황도 다양하다. 가장 잘 웃는 것은 어린아이들이다. 어린아이들은 사소한 것에도 반응하며 웃는다. "어린아이의 웃음은 마치 꽃의 개화와 같다. 그것은 받아들이는 기쁨, 호흡하는 기쁨, 알리는 기쁨, 사는 기쁨, 성장하는 기쁨이다. 그것은 식물적인 기쁨이다."[2] 어린아이들은 왜 잘 웃을까? 어린아이들은 엄숙하지 않고, 장중하지 않기 때문이다. 다시 말해 한없이 가벼운 정신과 경이로 가득 찬 마음을 갖고 있기 때문이다. 어린

---

1 보들레르, 도윤정 옮김, 『화장 예찬』, 평사리, 2014, 140쪽.

2 위의 책, 141쪽.

아이들은 '중력의 영'을 모르고, 악과 죄에서 가장 멀리 있는 자들이며, 항상 마음이 식물적인 기쁨 속에 있기 때문에 잘 웃는다. 어린아이들은 기껏해야 '풋내기 사탄들'에 지나지 않는다. 시인은 한없이 가벼워지고자 한다. 가벼움의 표상으로 호명한 것이 바로 '깃털'이다.

> 오리털 점퍼의 옆구리에서 깃털 하나 빠져나왔다. 촘촘한 박음질 사이를 빠져나오느라 온몸을 접고 구부리고 움츠렸을 텐데 털끝 하나 다치지 않았다. 깃털은 가볍게 공중에 떠 있다가 멈칫멈칫 서두르지 않고 아래로 내려앉고 있다. 바람을 거스르려 하지 않고 그렇다고 선뜻 몸을 맡기지도 않는다. 혼자서 춤을 추듯 빙빙 돌기도 하고 스르르 미끄러지기도 하고 누가 잡으려 하든지 말든지 느긋하게 자기의 길을 가고 있다. 촘촘하게 박음질된 하늘이 구름 속으로 흩어지고 뒤뚱거리며 따라온 길들이 사라진다. 깃털은 소리를 내지도 않고 남의 눈에 띄려고 하지도 않는다. 땅으로 다 내려와서는 땅을 한번 살짝 건드려보고 다시 얼른 도망가기도 하면서 장난을 친다.
>
> 자유다.
>
> —「깃털」 전문

오리털 점퍼의 옆구리에서 빠져나온 깃털 하나! 깃털은 기껏해야 어떤 질서에서 이탈한 작은 존재다. '오리털 점퍼'가 깃털들이 모여 있는 세계라면, 거기서 빠져나온 깃털은 스스로 세계의 주변부로 떠돌기를 선택한 하나의 객, 방외인, 거친 바다의 모비딕일 것이다. 공중에 가볍게 떠 있는 것, 바람을 거스르지도 않고, 그렇다고 그것에 선뜻 몸을 맡기지도 않으려고 하는 것! 그리하여 자신의 존재 가능성을 탐색하며 "자기의 길"을 가는 것! 깃털은 공중에서 아래로 내려앉으며 춤을 추듯 "빙빙" 돌고 "스르르" 미끄러지기도 하며, 땅을 "살짝" 건드려보고 다시 "얼른" 도망가기도 하며 "장난"을 친다. 빙빙, 스르르, 살짝, 얼른 따위 동작을 아우르는 의태어나 부사어들이 암시하는 것은 자유의 현실태다. '깃털'은 신미균 시의 화자들이 취하려는 자유로움과 잘 어울린다. 그것은 신미균 시의 화자들이 꿈꾸고 동경하는 깃털같이 가벼운 삶이고, 가벼운 삶은 곧 자유로운 삶이다.

> 흡반을
> 접시에 붙이고
> 죽기를 각오하고
> 떨어지지 않는 낙지 위에
>
> 펄펄 끓는
> 물
> 한 바가지 부었다
>
> 내 손도 데었다
>
> —「스토킹」 전문

> 시커먼 홍합들이

입을 꼭 다물고
잔뜩 모여 있을 땐
어떤 것이 썩은 것인지
알 수 없다

팔팔 끓는 물에 넣어
팔팔 끓인다

다들 시원하게 속을 보여주는데
끝까지
입 다물고
열지 않는 것들이 있다

간신히 열어보면
구린내를 풍기며 썩어 있다

—「범인」 전문

신미균 시 어법의 가벼움이 품은 의미는 무겁다. 신미균 시가 가볍다는 것은 겉 인상이고, 실제 시적 전언은 한없이 무겁다. 신미균의 시들은 겉과 속, 내용과 형식이 길항하면서 가벼움의 무거움을 실어나른다. 「스토킹」에서 '낙지'는 "죽기를 각오하고 떨어지지" 않으려고 한다. 이것은 생존의 절벽에 내몰린 존재들의 필사적인 몸부림을 연상시키지 않는가? "펄펄 끓는 물"을 맞고서야 낙지는 죽기 살기로 달라붙어 있던 접시에서 떨어진다. 「범인」에서 '홍합'은 제 속을 쉽게 보여주지 않는 의뭉스런 존재이다. 제 속을 보여주지 않는 것들은 그만한 이유가 있을 것이다. 누군들 "구린내를 풍기며 썩어"가는 제 안을 드러내 보이고 싶겠는가? 입을 꼭 다물고 있던 홍합도 "팔팔 끓는 물"에 들어가면 불가피하게 제 속을 열어 딱한 속내를 드러낸다. '낙지'와 '홍합'들이 웃기는가? 그렇다면 그 웃음은 '못난' 존재들이 제 못남이나 딱한 처지를 모면하려고 애쓰는 것에서 그렇지 않은 자들이 안도와 우월감에서 비롯된 웃음이다. 정작 '낙지'와 '홍합'들은 웃지 못한다. 그들이 웃었다면 그것은 쓰디쓴 자조의 웃음일 것이다.

2.

사람만이 남을 웃길 줄 알고, 사람만이 웃는다. 웃음소리를 잘 들어본 적이 있는가? "그것은 분절되고, 분명하고, 끝이 맺어지는 소리가 아니다. 그것은 점점 반향을 불러일으키면서 계속되기를 원하고, 마치 산중의 천둥처럼 터져나오는 큰 소리로 시작해서 구르는 소리로 한없이 이어져나가는 그러한 것이다. 그러나 이 반향이 무한히 확장하지는 않는다. 그것은 우리가 원하기만 한다면 얼마든지 큰 범위 안에서 이루어질 수 있지만, 그럼에도 그 범위는 한정된 것이다."[3] 베르그송은 웃음이 항상 집

---

3 앙리 베르그송, 『웃음—희극성의 의미에 관한 시론』, 정연복 옮김, 세계사, 15쪽.

단의 현상이라고 지적한다. 예를 들면 설교를 듣고 모두 눈물을 흘리는데, 한 사람만 울지 않는다. 그에게 물었더니, "저는 이 교구 소속이 아니랍니다."라고 대답한다. 베르그송은 이 얘기를 소개하며, 웃음은 "실제적으로 존재하든, 혹은 상상적으로든 다른 사람들과의 합의, 즉 공범 의식 같은 숨기고 있는 것"[4]이라고 말한다. 웃음은 다른 사람과 함께 웃을 때 더 커진다. 그러니까 웃음은 개별자의 감정의 수축 운동이나 감각적 부조리가 터져 나오는 것이기보다는 다분히 사회적인 현상이라는 것이다.

신미균의 시들은 "웃기는 짬뽕"이다. 이 말은 중의적이다. 먼저 그의 시는 웃긴다! 웃음이 인간적인 것이라면, 그의 시는 매우 인간적이다. 그는 노골적으로 웃기려고 하며, 실제로 웃음을 낚아채는 장면들을 자주 삶의 우화로 제시한다. 우습고 재미있을 뿐만 아니라 웃음의 요소를 지닌 엉뚱함과 과장으로 이루어졌다고 하지만 '웃기는 짬뽕' 은 웃기는 주체가 아니라, 웃음의 대상이자 희생물이다. '짬뽕' 의 처지에서 보자면, 넘어진 자가 자기가 넘어진 것에 대해 웃지 않듯이, 존재 자체가 통째로 코미디가 된 자의 슬픔이고, 침울함이며, 고통의 폭발이다. 시인의 시 중에 같은 제목의 시가 있는데, 읽어보라. 만일 당신이 '짬뽕' 이라면 웃을 수 있는가?

4 앙리 베르그송, 위의 책, 15쪽.

5층에 있는 직업소개소에서
신상명세서를 적고 나오는데
문 앞 복도에
누가 먹고 내놓은
짬뽕 그릇 보인다

바닥이 보일 듯 말 듯
남은 국물

1층까지
죽기 살기로 따라 내려오는
참을 수 없는
냄새

그
짬뽕

— 「웃기는 짬뽕」 전문

'웃기는 짬뽕'은 진짜로 웃기지는 않는다. '짬뽕'은 절대로 웃을 수가 없을뿐더러 오히려 처지가 절박하고 딱하다. '짬뽕'은 지독한 냄새로만 제 존재를 드러낸다. "누가 먹다 내놓은" 것이고 "바닥이 보일 듯 말 듯"한 고갈 상태다. 그의 곤핍함은 작은 희망에라도 목맬 듯 절박한데, 그 절박함은 "죽기 살기로 따라 내려오는"이라는 시구에도 잘 암시되어 있다. '짬뽕'이 유발하는 웃음은 쓰디쓴 웃음이다. 시인이 '짬뽕'의 곤핍과 쇠약의 징후에 초점을 맞추고 있기 때문이다. 이 '웃기는 짬뽕'이란 비열

하고 천한 존재, 남에게 비웃음을 사는 것, 혹은 혹은 삶의 나락에 빠진 바보들을 가리키는 것이 아닌가!

3.

웃음은 우리 본성 속에 숨어 있는 고약함과 뒤틀림을 자극한다. 남을 보고 웃는 자들은 크든 작든 심술궂다. 웃는 자들은 그들 내부에서 억압당한 고약함과 뒤틀림 따위를 웃음을 통해 방출하는 것이다. 바로 그렇기 때문에 보들레르는 웃음을 타락의 관점, 육체적, 정신적 쇠퇴의 관점에서 본다. "근본주의자의 관점에서 본다면 인간의 웃음은 오래된 타락이라는 육체적, 정신적 쇠퇴라는 사건과 밀접하게 연결되어 있음이 확실하다. 웃음과 고통은 선이나 악의 계율과 지혜가 존재하는 신체 기관들에 의해 표현된다. 바로 눈과 입이다."[5] 웃을 때, 눈과 입으로 웃는 것이다. 시인에 따르면, 우리 삶은 웃음을 유발하는 개그이고, 우스꽝스럽고 그로테스크한 그림자 놀이다.

땡볕 아래
길고양이

몸을 크게 뒤로 젖혀
앞다리를 모아

---

5 보들레르, 앞의 책, 126쪽.

자기 그림자를 움켜쥔다

움켜쥐는 순간
사라져버린 그림자

큰 눈이 더욱 동그래지며
다시 한 번
펄쩍 뛰어
그림자를 후려친다

후려치는 순간
또 사라져버린 그림자

고개를 갸웃거리며

한참을 노려보다
있는 힘을 다해
할퀴고 물어뜯는다

—「모노드라마」 전문

제 그림자를 타자로 오인해 붙잡고, 물어뜯으려는 어리석은 고양이는 우리의 어리석은 몸짓과 황당한 삶을 하나의 우화로 함축한다. 세계는 유동하는 지옥이고, 불확실성의 온상이다. 그 안에서 우리는 나날의 삶을 살아간다. 아등바등 사는 우리의 모습에 제 그림자를 할퀴고 물어뜯는 어리석은 고양이의 모습이 겹쳐진다. 이 시는 더도 덜도 아니고, 우리 삶은 그런

어리석은 '모노드라마'라는 전언을 담고 있다. 이 광경이 우스운가?

4.

어른들의 웃음은 순수하지 않다. 그 웃음은 더러는 야비하고, 사악하기조차 하다. 웃음은 자기의 우월성을 과시하며, 자기 내면의 모순과 복잡함에서 터져 나온다. 보들레르는 일찍이 그것을 간파하고 "웃음은 자기 자신의 우월성을 의식할 때 생겨난다고. 유례없이 사악한 의식에서 생겨난다고! 자만심과 착란!"[6]이라고 썼다. 웃음이란 사람을 모방하는 동물이나 사물, 재담, 코미디, 타인의 실수, 웃기는 상황에 대한 참을 수 없는 반응이다. 보들레르는 얼음 위에서 미끄러지거나 보도블록에 걸려 넘어지는 사람의 예를 든다. 그들은 실수로 넘어지거나 비틀거린다. 그럴 때 사람들은 웃는다. 그 무의식의 깊숙한 곳에는 자만심이 깃들어 있다. 즉, 나는 넘어지지 않는다. 나는 똑바로 걷는다. 넘어지는 자는 어리석고, 나는 현명하다는 자만심! 잘 넘어지고 골탕을 먹는 코미디언의 바보 연기가 웃음을 불러일으키듯이 웃음은 감정이나 도덕의 위계에서 우월한 지위에 있는 자가 제 내면의 자만심과 착란을 해소하는 과정에서 나온다. 웃는 자들은 타인의 불행에서 과도한 희열을 느낀다. 그러니까 코미디언

---

6 보들레르, 위의 책, 131쪽.

들은 자주 사람들을 웃기려고 곤경에 빠진 상황이나 불행을 연기한다. 자, 여기 제 몸을 꺾고 접는 굴기(屈起)로 제 불행을 연기하는 열등한 존재가 있다.

고작, 몸통 하나로 뒹굴고 있는
화려한 색깔도 아닌 허연 빨대
속까지 텅 비어 있어
마음대로 꺾고 접어
버릴 수 있을 것이라
생각했는데
이것도 꺾어 접어놓으니
슬그머니 일어나며
반쯤 펴진다.

세상에,
네 까짓게
하다가

속이 빈 나도
누군가 쉽게 보고
꺾고 접어
버리려 할 것 같아

꺾이고 접혀 상처 난 그를
곱게 곱게 펴주었다

—「플라스틱 빨대」 전문

'플라스틱 빨대'란 액체로 된 것들을 마실 때 쓰는 스토로(strow)를 가리킨다. 시인은 그 하찮은 사물도 허투루 보지 않는다. 그것은 "고작, 몸통 하나로 뒹굴고", "속까지 텅 비어" 있다. 그래서 "마음대로 꺾고 접어" 버릴 수 있을 것이라 생각했는데, "꺾어 접어놓으니" 다시 꺾고 접은 몸을 펴며 원형으로 돌아간다. 시인은 쉬이 꺾였다가 "슬그머니 일어나며 반쯤 펴지는" 이 하찮은 사물의 행태에 "속이 빈" 자신의 모습을, "누군가 쉽게 보고 꺾고 접어 버리려 할 것"만 같은 나약한 소시민적 실존을 겹쳐낸다. '슬그머니'라는 어휘는 늘 세고 강한 존재 앞에서 열등한 존재가 당하는 억압의 양태를 드러내면서, 동시에 그런 사태에 대해 최소한으로 반발하는 약한 존재의 모습을 보여준다. 그 몸짓은 반발이고 저항이되 전면적이고 격렬한 것이 아니라 소심하고 사소하다. 아마도 '슬그머니'가 웃음의 포인트가 될 것이다. 다시 보들레르에 따르면, 웃음은 인간의 무한한 위대함과 무한한 비천함이라는 모순에서 촉발된 "멈추지 않는 쇼크"에서 비롯된다고 말한다.[7] 인간이란 얼마나 약하고 강하며, 어리석고 현명하며, 사소하고 위대한 존재인가!

5.

니체는 웃음을 신성하다고 말한다. 니체에 따르면, 웃는 자

7 보들레르, 위의 책, 135쪽.

의 웃음은 그의 머리에 씌워진 "장미꽃으로 엮은 왕관"이다. "웃는 자의 이 왕관, 장미꽃으로 엮은 이 왕관, 형제들이여 이 왕관을 그대들에게 던져주노라! 나는 웃음을 신성하다고 말하노라. 보다 높은 인간들이여, 내게 배울지어다 — 웃음을."(니체, 「보다 높은 인간들에 대하여」, 『비극의 탄생』) 인간 존재를 한없이 무겁고 엄숙하게 묶어두는 '중력의 영'에서 벗어나는 자들은 춤을 배우고, 그다음 웃는 법을 배워야 한다. 웃음과 춤은 그것에서 벗어나 자유롭게 되었다는 징표다. 웃음은 존재의 도약과 비상을 위한 지지대다. 도약하고 비상하려는 자들은 먼저 서는 법, 걷는 법, 달리는 법을 배워야 한다. 그의 내부에서 "커다란 동경이 사나운 날개 소리"를 내는 것을 들어야 한다. 그는 자신을 묶는 온갖 강제와 목적이라는 굴레를 벗고 '들판을 질주하는 말'이 되어야 하고, 다음은 '자유롭게 하늘을 나는 새'가 되어야 한다. 하지만 현실은 어떤가? 현실 속에서 웃음은 신성하지 않다. 그것은 삶이 장엄한 꿈이 아닌 것과 마찬가지다. 삶은 우연과 망각들, 비열한 음모와 악에 물든 행동들, 그리고 사소한 복수들로 얼룩져 있다. 삶이 신성하기는커녕 더럽고 야비하고 짧다는 사실을 가장 잘 아는 것은 나약한 자들이다.

아주 무더운 여름
검은 비닐봉지 속에 넣은
생선 한 마리를

베란다에 두고 잊어버렸다

며칠 후
생선은 집 안 구석구석
한번 맡으면 영원히 잊을 수 없는
처절한 냄새를 발라놓았다

칼을 들고 싸우자고 덤비는 것보다
더 무섭다

—「복수」 전문

나약한 자들일수록 비탄이 깊고, 그들이 작심하면, 무섭다. 그 작심의 핵심은 너 죽고 나 살자가 아니라 너 죽고 나 죽자다. 처절한 것들은 앞뒤 재지 않는다. 아무 대책도 없이 무모해진다. 그래서 무섭다. 검은 비닐봉지 안에 방치한 생선은 부패하면서, 그것을 방기한 채 망각한 사람에게 복수를 한다. 사방에다 "한번 맡으면 영원히 잊을 수 없는/처절한 냄새를 발라"놓는다. 「웃기는 짬뽕」에 이어지는 그 냄새다! 이 냄새란 무엇인가? 부패의 징후다. 나약한 존재들의 분노와 고통의 폭발이다. 또한 제 우월성에 대한 자만심과 착란으로 웃는 자들을 향한 소심한 자들의 복수다. 이것이 처절한 것은 제 존재 자산의 전부를 던져 행하는 것이기 때문이다.

6.

신미균 시들은 웃음을 준다. 냉소와 자조의 웃음, 삶의 허술함을 꿰뚫는 웃음들! 코미디의 정수(精髓)는 아니더라도 웃음의 이면, 그 눈물겨움을 노출한다. 그의 시가 다루는 바퀴벌레, 지렁이, 고양이, 짬뽕, 낙지, 홍합, 썩은 생선, 플라스틱 빨대, 개, 나귀, 대문, 그네, 좀비, 쥐, 소, 나방, 오징어, 낙타, 세발 낙지…… 따위는 천재의 비범함도, 예술가의 광기도 없는, 가장 낮은 자리에서 제 실존을 가느다랗게 이어가는 장삼이사들의 표상이다. 그것은 비천하고 비굴하며 어리석은 삶에 내동댕이쳐진 존재들이지만, 그렇다고 쉽게 제 실존을 방기하지도 않는다. 그것들은 더 나은 삶의 자리를 향해 기어오르고, 짓눌림과 핍박에서 벗어나려고 바둥거리며, 한번 잡은 기회를 놓치지 않으려고 죽기 살기로 매달린다. 이 생존 전략들은 저마다의 처지에서 나름대로 비장하고, 심각하며, 진지한 것이기 때문에 눈물겹다. 그것은 웃음의 이면이다. 보라, "이리저리 쫓겨다니다/사람들 발에 채여/움직이지도 못하지만//죽은 줄 알고 건드려보면/부글부글 거품 물면서//악착같이 숨쉬고 있다"(「세발 낙지」)! 죽은 게 아니다. 죽은 듯 엎드려 있는 것이다. 죽은 듯 보이는 것들도 건드리면 거품 물면서 제 생존의 기미를 드러낸다. 악착같이! 신미균의 시는 얼씨구, 닐니리야, 쿠궁딱쿵딱, 리듬을 타며 노래하는 생의 찬가가 아니다. 차라리 비가(悲歌)다. 하찮은, 실패하는, 살아남으려고 발버둥치는 것들을 위한 엘레지다. 그래서 웃기면서도 웃음의 뒤끝엔 진한 슬픔이 남는다.

張錫周 | 시인 · 문학평론가

푸른사상 시선

1 광장으로 가는 길 | 이은봉 · 맹문재 엮음
2 오두막 황제 | 조재훈
3 첫눈 아침 | 이은봉
4 어쩌다가 도둑이 되었나요 | 이봉형
5 귀뚜라미 생포 작전 | 정원도
6 파랑도에 빠지다 | 심인숙
7 지붕의 등뼈 | 박승민
8 살찐 슬픔으로 돌아다니다 | 송유미
9 나를 두고 왔다 | 신승우
10 거룩한 그물 | 조향록
11 어둠의 얼굴 | 김석환
12 영화처럼 | 최희철
13 나는 너를 닮고 | 이선형
14 철새의 일인칭 | 서상규
15 죽은 물푸레나무에 대한 기억 | 권진희
16 봄에 덧나다 | 조혜영
17 무인 등대에서 휘파람 | 심창만
18 물결무늬 손뼈 화석 | 이종섶
19 맨드라미 꽃눈 | 김화정
20 그때 나는 학교에 있었다 | 박영희
21 달함지 | 이종수
22 수선집 근처 | 전다형
23 족보 | 이한걸
24 부평 4공단 여공 | 정세훈
25 음표들의 집 | 최기순
26 나는 지금 운전 중 | 윤석산
27 카페, 가난한 비 | 박석준
28 아내의 수사법 | 권혁소
29 그리움에는 바퀴가 달려 있다 | 김광렬
30 올랜도 간다 | 한혜영
31 오래된 숯가마 | 홍성운
32 엄마, 엄마들 | 성향숙
33 기룬 어린 양들 | 맹문재
34 반국 노래자랑 | 정춘근
35 여우비 간다 | 정진경
36 목련 미용실 | 이순주
37 세상을 박음질하다 | 정연홍
38 나는 지금 외출 중 | 문영규
39 안녕, 딜레마 | 정운희
40 미안하다 | 육봉수
41 엄마의 연애 | 유희주
42 외포리의 갈매기 | 강 민
43 기차 아래 사랑법 | 박관서
44 괜찮아 | 최은묵
45 우리집에 왜 왔니? | 박미라
46 달팽이 뿔 | 김준태
47 세온도를 그리다 | 정선호
48 너덜겅 편지 | 김 완
49 찬란한 봄날 | 김유섭
50 웃기는 짬뽕 | 신미균
51 일인분이 일인분에게 | 김은정
52 진뫼로 간다 | 김도수
53 터무니 있다 | 오승철
54 바람의 구문론 | 이종섶
55 나는 나의 어머니가 되어 | 고현혜
56 천만년이 내린다 | 유승도
57 우포늪 | 손남숙
58 봄들에서 | 정일남
59 사람이나 꽃이나 | 채상근
60 서리꽃은 왜 유리창에 피는가 | 임 윤
61 마당 깊은 꽃집 | 이주희
62 모래 마을에서 | 김광렬
63 나는 소금쟁이다 | 조계숙
64 역사를 외다 | 윤기묵
65 돌의 연가 | 김석환
66 숲 거울 | 차옥혜
67 마네킹도 옷을 갈아입는다 | 정대호
68 별자리 | 박경조

69 눈물도 때로는 희망 | 조선남
70 슬픈 레미콘 | 조 원
71 여기 아닌 곳 | 조항록
72 고래는 왜 강에서 죽었을까 | 제리안
73 한생을 톡 토독 | 공혜경
74 고갯길의 신화 | 김종상
75 고개 숙인 모든 것 | 박노식
76 너를 놓치다 | 정일관
77 눈 뜨는 달력 | 김 선
78 거꾸로 서서 생각합니다 | 송정섭
79 시절을 털다 | 김금희
80 발에 차이는 돌도 경전이다 | 김윤현
81 성규의 집 | 정진남
82 번함 공원에서 점을 보다 | 정선호
83 내일은 무지개 | 김광렬
84 빗방울 화석 | 원종태
85 동백꽃 편지 | 김종숙
86 달의 알리바이 | 김춘남
87 사랑할 게 딱 하나만 있어라 | 김형미
88 건너가는 시간 | 김황흠
89 호박꽃 엄마 | 유순예
90 아버지의 귀 | 박원희
91 금왕을 찾아가며 | 전병호
92 그대도 내겐 바람이다 | 임미리
93 불가능을 검색한다 | 이인호
94 너를 사랑하는 힘 | 안효희
95 늦게나마 고마웠습니다 | 이은래
96 버릴까 | 홍성운
97 사막의 사랑 | 강계순
98 베트남, 내가 두고 온 나라 | 김태수
99 다시 첫사랑을 노래하다 | 신동원
100 즐거운 광장 | 백무산 · 맹문재 엮음
101 피어라 모든 시냥 | 김자흔
102 염소와 꽃잎 | 유진택
103 소란이 환하다 | 유희주
104 생리대 사회학 | 안준철
105 동태 | 박상화
106 새벽에 깨어 | 여국현
107 씨앗의 노래 | 차옥혜
108 한 잎 | 권정수
109 촛불을 든 아들에게 | 김창규
110 얼굴, 잘 모르겠네 | 이복자
111 너도꽃나무 | 김미선
112 공중에 갇히다 | 김덕근
113 새점을 치는 저녁 | 주영국
114 노을의 시 | 권서각
115 가로수의 수학 시간 | 오새미
116 염소가 아니어서 다행이야 | 성향숙
117 마지막 버스에서 | 허윤설
118 장생포에서 | 황주경

푸른사상 시선 50

웃기는 짬뽕